POËME

SUR

Les Tableaux dont l'Armée d'Italie
a enrichi le Muséum, et sur l'utilité
morale de la Peinture;

LU A LA SÉANCE PUBLIQUE

DE LA SOCIÉTÉ PHILOTECHNIQUE,

le 20 Floréal, an VI,

par J. LAVALLÉE, membre de cette société.

A PARIS,

DE L'IMPRIMERIE DE CHARLES HOUEL.

AN VI DE LA RÉPUBLIQUE.

POËME

Sur les Tableaux dont l'Armée d'Italie a enrichi le Muséum, et sur l'utilité morale de la Peinture.

Quels chefs-d'œuvres nouveaux, à Lutèce inconnus,
Des bords de l'Éridan jusqu'à nous parvenus,
Dans le temple des arts rassemblent, dès l'aurore,
Ce peuple qu'à leurs pieds la nuit surprend encore ?
  O France ! ce qu'en vain le sceptre de cent rois
Voulut amonceler sous leurs superbes toits,
Ces tableaux que l'orgueil des cités d'Ausonie
Présentait, dispersés, aux respects du génie,
Des fils de Dibutade incroyables succès !
Dont cent lustres à peine ont marqué les progrès,
Aujourd'hui dans tes murs réunis par la gloire,
A l'univers surpris attestent la victoire.
L'Inca t'eût prodigué ce métal corrupteur
Qui triple le pouvoir sans donner le bonheur ;
Le soleil eût pour toi, de sa chaleur féconde,
Coloré le rubis aux sables de Golconde :
Ni les rubis, ni l'or, n'eussent à tes remparts
Acquis ces monumens du premier des beaux arts.
Un titre plus sacré les met en ta puissance ;
C'est le prix que les dieux gardaient à ta vaillance.
Dès long-temps ces tableaux appelaient tes guerriers :
Les arts cherchent la terre où croissent les lauriers ;

Et si de tes palais ils décorent le faîte,
C'est par droit de vertu, non par droit de conquête.
   Je n'irai point ici, narrateur indolent,
Traîner sur ces tableaux l'ennui d'un vers pesant.
Que d'autres suivent l'art dans sa marche savante :
Le professeur décrit, et le poëte chante.
   Le poëte brûlant saisit, dans son éclat,
Des Carraches altiers le fier triumvirat : [1]
Il poursuit le Guerchin dans son essor immense ;
Aime de Zampieri [2] l'expressive imprudence ;
Repose sur les chairs du Corrège étonnant
De son œil attendri l'orbite caressant :
Mais, ivre de plaisir, soudain son esprit vole
Vers ce Jules, [3] nourri des mœurs du Capitole :
Il cherche Raphaël, si pur dans ses contours ;
Redescend à l'Albane, adoré des Amours ;
Admire dans le Guide une audace immortelle ;
Honore du Spada la touche paternelle ;
Et son cœur, dévorant ce spectacle pompeux,
De ces pinceaux hardis aspirant tous les feux ,
Leur porte tour-à-tour ses rapides hommages,
Comme l'ardent éclair visite les orages.
   Mais quel calme subit enchaîne ce transport ?
Je le sens : le Feti, [4] par un magique effort,
Retient dans le repos son ame ensevelie,
Et son pinceau l'invite à la mélancolie.
   Charme unique des cœurs condamnés aux regrets !
Douce Mélancolie ! amante des cyprès,

1 On compte trois Carraches ; Louis, Augustin et Annibal.
2 Dominico Zampieri, dit le Dominicain.
3 Jules Romain.
4 Dominico Feti. Il n'y a qu'un tableau de ce maître au Salon.
Il est intitulé Mélancolie.

Tes bienfaisantes mains, lentement généreuses,
Émoussent des douleurs les pointes rigoureuses.
Que les flots de Neptune, en des climats lointains,
D'un ami, d'une amante, entraînent les destins,
C'est toi qui, chaque jour, nous ramène au rivage,
Tristes, silencieux, isolés sur la plage,
Savourer à longs traits le plaisir douloureux
De revoir les rochers témoins de nos adieux.
Et les échos plaintifs, et l'accent de Borée,
Et le sable, et les monts, et la vague azurée,
De l'objet de nos feux, tout parle à notre cœur;
Et l'on trompe l'absence en rêvant le bonheur.
Les souvenirs, enfans de la mélancolie,
Sur les jours écoulés font remonter la vie;
Notre ame ressaisit les biens qu'elle a perdus,
Et nous vivons encor des jours qui ne sont plus.

AILLEURS, tu nous conduis sur la cendre d'un père,
Courber du saule en deuil la palme funéraire;
Incliner sur son urne un front religieux;
A la paix de sa tombe intéresser les dieux;
Et, par le souvenir de ses vertus passées,
Dans la route du bien enhardir nos pensées.

POUR conjurer l'absence, ou le sort ennemi,
Qui me rendra les traits d'un père ou d'un ami?
Art bienfaiteur! c'est toi dont l'aimable imposture
De la loi du trépas a vengé la nature.
Que ma mère succombe à l'outrage des ans,
Que la mort au cercueil appelle mes enfans,
Tes pinceaux, trahissant la parque meurtrière,
De ces objets chéris repeuplent ma chaumière;
Tu trompes l'abandon à mon hiver promis;
Mes cheveux blanchiront au sein de mes amis;

Et je tè dois l'espoir, à mon heure dernière,
D'expirer entouré de ma famille entière.
    MAIS à consoler l'homme, à suspendre ses maux,
O Peinture ! art divin ! bornes - tu tes travaux ?
Quelles leçons encore à la philosophie,
Sans te lasser jamais , prodigue ton génie !
J'entre dans ce Musée ; et mes yeux étonnés
Trouvent de leurs erreurs vingt siècles consternés,
En esclaves soumis au joug de la peinture ,
Confessant leurs forfaits à la race future.
Quel assemblage affreux de chaînes , de cachots ,
De tourmens inouis , de sanglans échafauds !
Quoi ! vous avez souffert, ô siècles détestables !
Qu'Hérode proclamât ces arrêts exécrables !
Vous n'avez point fait naître un mortel généreux,
Pour venger ces enfans sur ce monstre odieux !
Qui ne croirait, à voir tant d'images sanglantes,
De tant de vils Nérons les pompes dégoûtantes,
Qu'au honteux esclavage indignement vendu,
A flatter les tyrans le peintre est descendu !
Non , non , l'ame du peintre, aussi libre que fière ,
Sans pitié les dévoue à l'horreur de la terre ;
Et , des siècles sur eux attachant le flambeau,
Pour les tyrans du monde il n'est plus de tombeau.
Voyez le Titien ! lorsque sa main divine
En sanglant diadême arrondit cette épine ;
Tacite apprit sans doute à ses doctes pinceaux
A nous offrir Tibère au milieu des bourreaux :
De ce tableau sublime , ô profonde éloquence !
Le buste d'un tyran , la mort de l'innocence.
Le Juste a donc péri. Je vois de toutes parts
Sa dépouille mortelle attrister mes regards.

Sur cet auguste front, que la mort décolore,
Son humanité sainte est toute entière encore.
Le peintre, ranimant mes esprits abattus,
M'apprend que tout périt hors la paix des vertus.
    MAIS, nourri de son sang, quel germe de mensonges,
De préjugés, d'erreurs et de mystiques songes,
Développant l'essor de ses rameaux divers,
Croît, s'élève, s'étend, ombrage l'univers ?
Quoi donc ? tant de martyrs de tout rang, de tout âge,
Ont souillé de leur sang la morale d'un Sage !
Quel ascendant cruel les guidait au trépas ?
Séïdes malheureux ! ils ignoraient, hélas !
Que de ces flots de sang l'amoncelage atroce
Vers le trône des rois roulait le sacerdoce.
Si, rappelés au jour, leur œil moins prévenu
Voyait, au nom du Christ, qu'ils ont si mal connu,
Le fougueux Dominique, évoquant les furies,
Allumer les bûchers à leurs flambeaux impies;
Bernard, altéré d'or et du sang des humains,
Précipiter l'Europe aux tombeaux africains ;
Tant de pontifes, fiers de leur triple tiare,
Frapper les nations de leur sceptre barbare :
Ils verraient, à l'orgueil de ces ambitieux,
Que le sang des martyrs ne coula que pour eux;
Et sentiraient alors, honteux de leur injure,
Qu'un Dieu de mort n'est pas le Dieu de la nature.
    MAIS sur l'axe du temps les ans roulent en vain :
Rien ne corrige l'homme, et croire est son destin.
Qu'un tableau peigne Adam, absurdement docile,
Se livrant dans Éden aux conseils d'un reptile,
Ou Saül, qu'un berger s'apprête à détrôner,
Causant avec un mort sur l'art de gouverner;

Ou de feuilles couvert, ou ceint du diadême,
Au bout de six mille ans l'homme est encor le même ;
Et, composant ses jours de faiblesse et d'orgueil,
Trompe, rit, est trompé, pleure, et tombe au cercueil.

POUR qui possède l'art d'entendre leur langage,
Les peintres sont souvent les précepteurs du Sage.

QU'AUX tentes d'Attila des Vandales nourris
De cet art enchanteur méconnaissent le prix ;
Qu'aux champs de l'Yemen la soldatesque ingrate
Lance sur des tableaux le brandon d'Érostrate,
On voit, sans s'étonner, leur aveugle fureur,
Souple à l'ambition d'un farouche oppresseur,
Commencer sans pâlir, d'une main vagabonde,
Par le meurtre des arts, l'assassinat du monde :
Mais qu'il naisse, du sein des peuples policés,
Des mortels, ô Peinture ! à te nuire empressés,
Qu'ils osent dénier le pouvoir à tes charmes
D'ouvrir ou de fermer la source de nos larmes ;
De ton culte sacré superbes apostats,
Qu'ils prétendent des arts morceler les états,
Et, dans un triste oubli reléguant la peinture,
Du droit d'adoption dépouiller la nature ;
On ne conçoit qu'à peine une semblable erreur !
Ne luttons pas contre eux : déplorons leur malheur ;
Indulgens, n'allons point, d'une voix importune,
De leur aveuglement quereller l'infortune ;
Aux beautés de cet art si leur cœur est fermé,
Ils sont assez à plaindre, ils n'ont jamais aimé.
A de semblables maux la tolérance est due :
L'aveugle librement doit errer dans la rue.

NE craignez pas non plus, dans vos mâles ardeurs,
Guerriers ! que la peinture amollisse vos cœurs.

Si parfois elle peint, héroïque et brûlante,
De nombreux bataillons la plaine étincelante,
Les combats, les vainqueurs, les siéges, les assauts,
Et la Victoire en sang planant sur les héros ;
Et l'Adige vaincu, sous son urne étonnée,
Attestant de Lodi l'immortelle journée ;
Sans danger elle peut ailleurs, changeant de ton,
Prendre, pour vous parler, l'accent d'Anacréon.
Vous croyez que de Mars, aux bras de Cythérée,
L'inutile valeur languit déshonorée ?
Vous rougissez pour lui : jugez mieux ce tableau,
Et la moralité qu'y cacha le pinceau.
C'est le départ de Mars. La trompette guerrière
De ses accens aigus fait retentir Cythère ;
Et, déjà le pressant dans ses bras amoureux,
Vénus à son amant prodigue les adieux.
Dans cet instant cruel, des rayons de l'aurore
Le temple de Paphos vainement se colore.
Des larmes du matin les mobiles vapeurs
Veloutent, loin des jeux, le calice des fleurs ;
Les Zéphyrs n'oseront, de leur aile volage,
De la rose naissante agiter le feuillage ;
Ni, dans ce jour de deuil, épandre dans les airs
Le parfum des lilas par leur souffle entr'ouverts.
Mais déjà des Amours la foule gémissante
Apporte au dieu des camps son armure pesante.
Dans leur zèle enfantin, mal-adroits avec art,
Ces conjurés charmans retardent son départ :
L'un, d'un air empressé, lui revêt sa cuirasse,
Et sous ses doigts malins l'épais lacet se casse ;
L'autre, les yeux en pleurs, et finement distrait,
Lui présente à rebours son vaste gantelet ;

Celui-ci , sur le casque, a placé le panache ;
Mais son aile rusée, en s'ouvrant, le détache :
Cet autre , plus perfide , a pris le bouclier ;
Il le soulève à peine, approche du coursier ;
De ses larges naseaux la vapeur enflammée
Couvre ce front de lys d'une épaisse fumée ;
L'espiègle affecte alors une feinte frayeur ;
L'écu roule avec bruit. Du coursier plein d'ardeur
Le pied frappe la poudre , et le crin se hérisse ;
Il fuit : l'enfant s'envole, et rit de sa malice.
C'est en vain : l'heure sonne ; et déjà le guerrier
Accourt impatient , saisit le destrier ;
Il ceint à ses côtés le large cimeterre :
C'en est fait ; une larme humecte sa paupière ;
Le dernier des baisers se donne sans témoin ;
On le rend, on soupire, et Mars est déjà loin.

   Ainsi le peintre adroit sait, par l'allégorie,
Rappeler à nos cœurs les droits de la patrie ;
Et son art , du soldat réveillant la valeur,
Lui montre que l'amour doit céder à l'honneur.

   Mais quand le front, couvert de nobles cicatrices,
De la paix , ce soldat goûtera les délices ;
Si l'air de nos cités , par ses molles douceurs,
De son cœur généreux dénaturait les mœurs ;
Quels amis, quels conseils, quelles leçons, quels maîtres,
Lui rendraient le desir de ses vertus champêtres ?
Peintres savans ! alors tapissez nos palais
De ces sites charmans, de ces bocages frais,
Que vos pinceaux rians , du sommet des montagnes,
Par le Faune inspirés, dérobent aux campagnes.
Qu'étonné, ce soldat retrouve en vos tableaux,
Le toit de son enfance ombragé de rameaux :

Rappelez-lui la fête où sa première amante
Pressa sa jeune main de sa main palpitante.
Là, je vois accollés quelques ais de sapin,
Former, sur des tonneaux, le parquet incertain,
Où, d'un bras vigoureux et rudement agile,
Le dur ménétrier, dans la mesure habile,
La bouteille à ses pieds, et le front bourgeonné,
Fait grincer l'instrument sous le crin goudronné.
Au centre, la jeunesse en colonne est rangée.
En mille lacs divers, chaque file engagée
Se croise, tourne, avance, et recule en sautant,
Au signal indiqué par le refrain constant.
A l'ombre de ce chêne, antique et vénérable,
Quelques vieillards assis, les coudes sur la table,
Font mousser la liqueur que leurs verres profonds
Sur leurs mentons arqués répandent en flocons;
Tandis que, d'un mouchoir, la mère de famille
Étanche la sueur sur le front de sa fille,
Et, d'un œil attentif, accompagne l'enfant,
Qui, des bords du ruisseau, s'approche en folâtrant.

QUELLE douce victoire! ô sublime Peinture!
Tu triomphes; tu rends un cœur à la nature.
Sous les vices, ses jours languissaient abattus:
Tu peins les champs; il part, et retourne aux vertus;
Et, de l'ami des mœurs, ta palette chérie
Sert ainsi la charrue, et l'homme, et la patrie.

MAIS que j'aime à te voir, variant tes pinceaux,
De la pompe des mers enrichir tes tableaux;
D'une puissante main, sur une toile immense,
Du commerce opulent étaler l'abondance;
Et ces mille vaisseaux, par les vents caressés,
Des rives de l'Indus vers nos rives poussés!

Quel feu ! quel mouvement ! quelle ame ! quelle vie !
De ce riche tumulte admirable harmonie !
Qui, des chants d'Amphion usurpant les attraits,
Enfante les cités, les cirques, les palais,
Et prédit des états l'immortelle durée.
Que la toile opulente, où respire Nérée,
Poursuive les regards du mortel sans pudeur
Qu'entoure l'agiot d'un riche déshonneur !
Que l'aspect du commerce épouvante son ame !
Signale enfin un terme à sa fortune infâme,
Et mette son supplice au fond de ses trésors,
Où l'avenir nourrit les serpens du remords !

    Et vous, sexe charmant ! ce peintre trop sévère
Devroit-il rappeler une flamme adultère,
Et peindre dans Joseph, de pudeur énivré,
La honte d'un amour qu'on n'a point inspiré ?
Je crois à vos vertus, et non à vos faiblesses.
D'autres ont dessiné de plus nobles tendresses ;
Non les feux de Clorinde, affrontant des combats,
Étrangers à vos mœurs autant qu'à vos appas ;
Non l'amour effronté de cette Cléopâtre,
De l'opprobre d'Antoine élevant le théâtre,
Et par le déshonneur des fêtes du Cydnus
Invitant les Romains à pleurer Cassius ;
Mais lorsque leurs crayons, par un plus digne usage,
De l'antique Lucrèce expriment le courage,
Ou le poignard d'Arie, encourageant Pétus,
Ou Pauline à Sénèque enseignant des vertus :
Ou bien, lorsqu'attentif à lire dans votre ame,
De l'amour filial y surprenant la flame,
Le peintre a retracé ce vieillard malheureux,
A travers les barreaux d'un cachot ténébreux,

Puisant sur votre sein , de sa lèvre altérée,
Du lait réparateur la source révérée.
Que vos nombreux amans célèbrent vos appas ,
Que la fuite d'Hélène égare Ménélas ,
Que Pâris de ses feux embrase le Scamandre ,
Que la mer sous ses flots engloutisse Léandre !
L'attendrissant tableau de votre humanité
Est votre premier titre à l'immortalité.
A vos charmes brillans le pinceau , plein d'adresse ,
Enseigne le grand art d'éviter la vieillesse ;
Du ravage des ans il sauve vos attraits :
Avec un cœur sensible on ne vieillit jamais.
  AINSI de la pitié le durable héroïsme,
L'honneur , la tolérance et le patriotisme ,
Ce qui rend à la fois bon père , homme de bien ,
Bon ami , tendre époux , excellent citoyen ,
Mépris des préjugés , haine pour l'imposture ,
Respect à la patrie , aux dieux , à la nature ;
Voilà ce que doit l'homme à cet art enchanteur.
Qu'on médite un tableau , l'on en devient meilleur :
Sans aigreur il instruit , corrige sans insulte ,
Et ne trompe jamais celui qui le consulte.
Vous ! dont cet art puissant réclame les destins ,
C'est le sceptre des mœurs qu'il remet en vos mains.
Assez de préjugés ont usurpé ses veilles ;
Des vertus à leur tour peignez-nous les merveilles.
Que ces ultramontains , étalés sous vos yeux ,
Du poids de leur renom n'éteignent pas vos feux :
Peut-être sur parole on les prétend vos maîtres.
Votre école a compté d'aussi dignes ancêtres :
N'enviez rien au Tibre ; il n'a pas eu l'honneur
D'enfanter le Poussin , de nourrir le Sueur :

Héritiers de leur gloire, et plus libres sans doute,
Républicains, frayez une nouvelle route :
De l'organe des lois peignez-nous l'équité,
Le crime confondu, l'innocent acquitté ;
L'ordre, ami des états, écrasant la révolte ;
De nos vastes lauriers l'innombrable récolte.
Peignez sur-tout, peignez, le respect filial,
Et l'amour paternel, et l'amour conjugal :
Pour guider les humains aux vertus héroïques,
Faites-leur traverser les vertus domestiques.
Ainsi la liberté, pour vos pinceaux savans,
Ouvrira le recueil de ses grands dévouemens ;
Et, sans effaroucher un regard trop timide,
Vous peindrez à grands traits la vertu d'Aristide.
Ou plutôt, d'un Français sentant la dignité,
D'un cachet éternel scellez l'antiquité :
D'Horace dédaignez la fuite triomphale ,
Et la mort de Caton, à Rome si fatale.
De palmes ombragés, entourés de héros,
A des morts effacés refusez vos pinceaux.
Nés Français, aux Français consacrez votre gloire :
Leurs mains ont rebâti le Temple de Mémoire.

F I N.